Contents

INTRODUCIN . . .

Mr Tod

Mrs Tod

The Wee Tods

Brock

Boggin

Beek

Boonce

Also by Roald Dahl in Scots

The Eejits
Geordie's Mingin Medicine
(baith translated by Matthew Fitt)

ROALD DAHL

The Sleekit Mr Tod

Translated by James Robertson
Illustrated by Quentin Blake

First published 2008 by Itchy Coo
99 Giles Street, Edinburgh, Scotland EH6 6BZ

1 3 5 7 9 10 8 6 4 2   08 09 10 11 12

ISBN 13: 978 1 84502 198 6

Originally published as *The Fantastic Mr Fox* by
George Allen & Unwin in 1970

A CIP record for this book is available from the British Library

LOTTERY FUNDED

Typeset by RefineCatch Limited, Bungay, Suffolk
Printed in the UK by Creative Print and Design

The Three Fermers

Doon in the glen there wis three ferms. The men that had these ferms had done weel. They were aw rich men. But they were richt scunners tae. The three o them were aboot as scunnersome and grippy as ony men ye could meet. They were cried Fermer Boggin, Fermer Boonce and Fermer Beek.

Boggin wis a chicken fermer. He kept thoosans o chooks. He wis a muckle fat fodge. This wis because he scoffed three biled chookies slaistered wi dumplins ilka day for his breakfast, denner and tea.

Boonce wis a deuk-and-goose fermer. He kept thoosans o deuks and geese. He wis a kind o kettle-bellied scrauchle o a man. He wis that wee and stumpie ye could hae pit him in the shalla end o ony swimmin-pool in the warld and his chin wid aye hae been unner the watter. Whit he ate wis doughnuts and goose-guts. He champit the goose-guts intae a mingin batter and then stappit the batter intae the doughnuts. This diet gied him a sair belly and a crabbit temper.

Beek wis a bubblyjock-and-aipple fermer. He kept thoosans o bubblyjocks in an orchard fou o aipple trees. He didna eat onythin at aw. Insteid, he gowped doon gallons o strang cider that he made fae the aipples oot o his orchard. He wis as skinny as a skelf and the smertest o them aw.

4

'Boggin and Boonce and Beek,
Yin a sumph, yin a scrunt, yin a streek.
Thae scunnersome tykes
Though they're no look-alikes
Are equally mingin and seik.'

That's whit the bairns roond aboot used tae chant
whenever they saw them.

Mr Tod

On a brae above the glen there wis a widd.

In the widd there wis a muckle tree.

Unner the tree there wis a hole.

In the hole steyed Mr Tod, Mrs Tod and their fower Wee Tods.

Ilka nicht as soon as it wis gloamin-time, Mr Tod wid say tae Mrs Tod, 'Weel, ma dearie, whit'll it be this time? A sonsie fat chookie fae Boggin? A deuk or a goose fae Boonce? Or a braw bubblyjock fae Beek?' And when Mrs Tod had telt him whit she wantit, Mr Tod wid jouk doon intae the glen in the mirk o the nicht and help himsel.

Boggin and Boonce and Beek kent fine weel whit wis gaun on, and they were bealin aboot it. They didna like tae gie onythin awa tae onybody. And whit they liked even less wis onybody reivin onythin aff them. Sae ilka nicht each yin o them wid tak his shotgun and hiddle doon in a dark dern hidie-hole on his ain ferm, hopin tae catch the reiver.

But Mr Tod wis ower smert for them. He aye cam up tae a ferm wi the wind blawin in his face, and this meant that if ony man wis snoovin aboot in the shaddas up aheid, the wind wid cairry the guff o that mannie tae Mr Tod's neb when he wis still faur aff. If Mr Boggin wis hiddlin ahint his Chookie Hoose Nummer Yin, Mr Tod wid snowk him oot fae fifty yairds awa and quickly gang aff in anither airt, heidin for Chookie Hoose Nummer Fower at the tither end o the ferm.

'Ding and daiver that scabby-heidit skite!' skraiked Boggin.

'I'd like tae rip his puddens oot!' said Boonce.

'He'll hae tae be killt!' skraiked Beek.

'Hoo but?' said Boggin. 'Hoo on earth are we gonnae get oor haunds on the skellum?'

Beek piked daintily at his neb wi a lang fingir. 'I hae a ploy,' he said.

'Ye've never had a daicent ploy yet,' said Boonce.

'Haud yer wheesht and sherpen yer lugs,' said Beek. 'The morn's nicht we'll aw hiddle in aboot the hole where the tod steys. We'll bide there tae he cams oot. Then . . . *Bang! Bangity-bang!*'

'Awfie smert,' said Boonce. 'But first we'll need tae find the hole.'

'Boonce, ma guid neebor, I've awready fund it,' said the slidderie Beek. 'It's up in the widd on the brae. It's unner a muckle tree . . .'

The Shootin

'Weel, ma dearie,' said Mr Tod. 'Whit'll it be the nicht?'

'I think we'll hae deuk the nicht,' said Mrs Tod. 'Bring us twa creeshie deuks, wid ye please? Yin for yersel and me, and yin for the weans.'

'Deuks it is!' said Mr Tod. 'Boonce's brawest!'

'Noo, you caw cannie,' said Mrs Tod.

'Ma cushie-doo,' said Mr Tod, 'I can snowk thae gowks oot a mile aff. I can even smell yin frae anither. Boggin gies aff a honkin humph o rotten chookie-skins. Boonce bowfs o goose-livers, and as for Beek, weel, the wheech o aipple cider hings aboot him like deidly gases.'

'Aye, but jist you tak tent,' said Mrs Tod. 'Ye ken they'll be waitin on ye, the three o them.'

'Dinna you fash aboot me,' said Mr Tod. 'I'll see ye efter.'

But Mr Tod widna hae been jist sae gallus if he'd kent exactly *where* the three fermers were waitin at that moment. They were richt ootside the ingang tae the hole, each yin hunkered doon ahint a tree wi his gun loadit. And whit's mair, they had been cannie aboot where they pit themsels, makkin shair that the wind wisna blawin fae them towards the tod's hole. In fact, it wis blawin in the tither airt. There wis nae chance o them bein 'snowkit oot'.

Mr Tod sleeked up the dark tunnel tae the mooth o his hole. He pit his lang brawsome face oot intae the nicht air and took a snifter.

He jeed himsel an inch or twa forrit and stapped.

He took anither snifter. He wis ayewis gey cannie when he cam oot fae his hole.

11

He jeed forrit a wee bittie mair. The front hauf o him wis noo oot in the open.

His bleck neb twigged and wiggle-waggled, snowkin and snifterin for the scent o danger. He fund nane, and he wis jist aboot tae pad forrit intae the widd when he heard – or thocht he heard – a peerie wee soond, a saft reeshle, as if a body had moved a fit, jist as lown as could be, through a rickle o dry leaves.

Mr Tod streeked himsel flat on the grund and lay gey still, his lugs cockit. He steyed where he wis a lang while, but he didna hear ony mair.

'It'll hae been a moose,' he telt himsel, 'or some ither wee beastie.'

He crept a bittie further oot o his hole . . . then a bittie mair yet. He wis gey near richt oot in the open noo. He had a last cannie keek roond aboot. The widd wis mirk-dim and awfie quiet. Awa in the sky the moon wis sheenin.

Jist then, his sherp nicht-een got a glisk o somethin bricht ahint a tree no faur awa. It wis a wee siller smitch o moonlicht glentin on a polished surface. Mr Tod lay still, watchin it. Whit on earth wis it? Noo it wis movin. It wis comin up and up . . . *Help ma boab! It wis the barrel o a gun!* In a skelp, Mr Tod wheeched back intae his hole and richt at that moment the haill widd seemed tae explode aboot him. *Bang! Bangity-bang! Bangity-bang!*

The reek fae the three guns floated up intae the nicht air. Boggin and Boonce and Beek cam oot fae ahint their trees and daunered ower tae the hole.

'Did we get him?' said Beek.

Yin o them shone a torch on the hole, and there on the grund, in the ring o licht, hauf in and hauf oot o the hole, lay the puir tatterie blood-blotched orrals o . . . a tod's tail. Beek liftit it. 'We taen the tail but we missed the tod,' he said, flingin the thing awa.

'Ding and daiver it!' said Boggin. 'We shot ower late. We should hae gien it laldie whenever he stuck his heid oot.'

'He'll no be stickin it oot again ower soon,' Boonce said.

Beek poued a flask fae his pooch and took a slorp o cider. Then he said, 'It'll tak three days and mair afore he gets hungry eneuch tae cam back oot. I'm no hingin aboot here waitin on that. Let's howk him oot.'

'Ah,' said Boggin. 'Noo ye're speakin sense. We can howk him oot in a couple o oors. We ken he's there.'

'I doot there's a haill faimlie o them doon yon hole,' Boonce said.

'Then we'll hae them aw,' said Beek. 'Bring oot the shools!'

The Scunnersome Shools

Doon the hole, Mrs Tod wis doucely lickin the dock o Mr Tod's tail tae stench the bleedin. 'It wis the maist fantoosh tail for miles aroond,' she said atween licks.

'It's sair,' said Mr Tod.

'I ken it is, ma crowdie-mowdy. But it'll soon mend.'

'And it'll soon grow back again, Da,' said yin o the Wee Tods.

'Naw, it'll no,' said Mr Tod. 'I'll be a nae-tail tod for the rest o ma days.' He looked awfie dowie.

There wis nae scran for the tods that nicht, and soon the bairns dovered ower. Then Mrs Tod wis doverin and aw. But Mr Tod couldna sleep because the dock o his tail wis that sair. 'Weel,' he thocht, 'I jalouse I'm lucky even tae be alive. And noo they've fund oor hole, we're gonnae hae tae flit as soon as we can. We'll never get ony peace if we ... Whit wis *that*?' He turned his heid glegly tae listen. The soond he heard noo wis the maist frichtsome soond a tod can ever hear – the scart-scart-scartin o shools howkin intae the earth.

'Wauk up!' he yelloched. 'They're howkin us oot!'

Mrs Tod wis wide waukin in wan second. She sat up, chitterin fae heid tae fit. 'Are ye shair that's it?' she whuspered.

'I've nae doots at aw! Listen!'

'They'll kill ma bairns!' skraiked Mrs Tod.

'They'll no!' said Mr Tod.

'But hinny, they will!' bubbled Mrs Tod. 'Ye ken they will!'

Dunch, dunch, dunch gaed the shools ower their heids. Wee stanes and dauds o earth began tae faw fae the roof o the tunnel.

'Whit wey will they kill us, Mither?' spiered yin o the Wee Tods. His roond bleck een were muckle wi fricht. 'Will there be dugs?' he said.

Mrs Tod stertit tae greet. She gaithered her fower weans aboot her and cooried them in ticht.

Aw o a sudden there wis the maist lug-dirlin dunch ower their heids and the sherp end o a shool cam richt through the ceilin. The sicht o this flegsome thing seemed tae jundie Mr Tod intae action. He lowped up and shouted, 'I ken whit tae dae! C'moan noo, there's nae time tae loss! Hoo did I no think o this afore!'

'Think o whit, Da?'

'A tod can howk quicker than a man!' skraiked Mr Tod, beginnin tae howk. 'Naebody in the warld can howk as quick as a tod!'

The earth began tae flee oot hyte-skyte ahint Mr Tod as he stertit tae howk for dear life wi his front paws. Mrs Tod ran forrit tae help him. The fower bairns did and aw.

'Gang doon the wey!' ordered Mr Tod. 'We hae tae gang doon deep. As deep as we can get!'

The tunnel stertit tae grow langer and langer. It sklentit doon at a stey angle. Deep and mair deep ablow the surface o the grund it gaed. The mither and faither and aw fower o the bairns were howkin thegither. Their front legs were shiftin that fast ye couldna see them. And gradually the dunchin and scartin o the shools grew mair and mair faint.

Efter aboot an oor, Mr Tod stapped howkin. 'Haud up!' he said. They aw stapped. They turned and looked back up the lang tunnel they had jist howkit. Awthin wis quiet. 'Jings!' said Mr Tod. 'I think we've done it! They canna get as deep doon as this. Weel done, the lot o yis!'

They aw sat doon, pechin for braith. And Mrs Tod said tae her weans, 'I wid like ye tae ken that if it wisna for yer faither we'd aw be deid by noo. Yer faither is a maist braw and sleekit tod.'

Mr Tod looked at his wife and she smiled. He loved her mair than ever when she telt him things like yon.

The Scunnersome Tractors

At the neb o day the nixt mornin, Boggin and Boonce and Beek were aye howkin. They'd howked oot a hole that deep ye could hae pit a hoose in it. But they hadna yet raxed tae the end o the tods' tunnel. They were aw gey wabbit and crabbit.

'Ding and daiver it!' said Boggin. 'Whase neep-heidit idea wis this?'

'Beek's idea,' said Boonce.

Boggin and Boonce baith glowered at Beek. Beek cowped anither slorp o cider, then pit the flask back in his pooch wioot offerin it tae the ithers. 'See here,' he said fuffily, 'I want that tod! I'm gonnae get that tod! I'm no giein up tae I hae him streekit oot ower ma front porch, deid as a dumplin!'

'We canna get him wi howkin, that's for shair,' said Boggin the fodge. 'I'm seik-scunnered wi howkin.'

Boonce, the wee kettle-bellied scrauchle, looked up at Beek and said, 'Dae ye hae ony mair stupit ideas, weel?'

'Whit?' said Beek. 'I canna hear ye.' Beek never had a bath. He never even washed hissel. The end-up wis, his lugholes were steched wi aw kind o clart and creesh and chuggie and deid flechs and the like.

This meant he wis deef. 'Speak up,' he said tae Boonce, and Boonce yelloched back, 'Ony mair stupit ideas?'

Beek rubbed the back o his craigie wi a maukit fingir. He had a plook comin there and it wis yeukie. 'Whit we're needin on this job,' he said, 'is machines ... *mechanical* shools. We'll hae him oot in five meenits wi *mechanical* shools.'

This wis an awfie guid idea and the ither twa couldna say it wisna.

'Awricht then,' said Beek, makkin himsel heid-bummer. 'Boggin, you bide here and see the tod disna jouk us. Boonce and I'll awa and get the gear. If he tries tae get oot, shoot him.'

Beek, the lang streek, walked awa. The tottie wee Boonce padded efter him. Boggin, the fat fodge, steyed where he wis wi his gun pointin at the tod-hole.

Soon, twa muckle great caterpillar tractors wi mechanical shools on their front ends cam racklin intae the widd. Beek wis drivin yin, and Boonce the tither. The machines were baith bleck. They were coorse, malagrugous-lookin monsters.

'Get intae them!' shouted Beek.

'Deil tak the tod!' shouted Boonce.

The machines got tore in, chackin muckle moothfaes o earth oot o the braeside. The big tree where Mr Tod had howkit his hole at the stert wis whummled like a matchstick. Stanes were sent

fleein tae aw the airts, trees were cowpin, and the dirdum wis deefenin.

Doon in the tunnel the tods cooried, luggin in tae the awfie racklin and dunchin ower their heids.

'Whit's gaun on, Da?' skraiked the Wee Tods. 'Whit are they daein?'

Mr Tod didna ken whit wis gaun on or whit they were daein.

'It's an earth-trummle!' skraiked Mrs Tod.

'Look!' said yin o the Wee Tods. 'Oor tunnel's got shorter! I can see daylicht!'

They aw keeked roond, and aye, richt eneuch, the mooth o the tunnel wis jist a puckle feet awa fae them noo, and in the ring o daylicht ayont they could see the twa muckle bleck tractors jist aboot on tap o them.

'Tractors!' shouted Mr Tod. 'And *mechanical* shools! Howk for yer lives! *Howk, howk, howk!*

The Race

There wis noo a ramstam race on, the machines agin the tods. At the stert, the brae looked like this:

Efter aboot an oor, as the machines chacked awa mair and mair earth frae the tap o the brae, it looked like this:

Sometimes the tods wid gain a wee bittie grund and the racklin soonds wid fade awa and Mr Tod wid say, 'We're gonnae mak it! I'm shair we're gonnae!' But then, a puckle meenits efter, the machines wid cam back at them and the dunch o the michty shools wid get mair and mair lood. Yin time the tods actually saw the sherp metal edge o yin o the shools as it scartit up the earth richt at their backs.

'Haud forrit, ma wee scones!' peched Mr Tod. 'Dinna gie up!'

'Haud forrit!' shouted Boggin the fodge tae Boonce and Beek. 'We'll get him jist in the noo!'

'Did ye get a sicht o him yet?' Beek cawed back.

'No yet,' shouted Boggin. 'But I doot ye're gey close!'

'I'll heeze him up wi ma bucket!' shouted Boonce. 'I'll chap him in bits.'

But by dennertime the machines were aye at it. And sae were the puir tods. The brae noo looked like this:

The fermers didna even stap for their denner, they were that gleg tae feenish the job.

'Haw, Mr Tod!' skirled Boonce, leanin oot o his tractor. 'We're comin tae get ye noo!'

'Ye've had yer last chookie!' skirled Boggin. 'Ye'll no cam scowkin roond *ma* ferm ony mair!'

A sort o doitit daftness had taen a grup o the three men. The lang skelf Beek and the kettle-bellied scrunt Boonce were drivin their machines like bampots, racin the motors and makkin the shools howk awa at a rare skelp. Boggin the fodge wis jiggin aboot like Auld Mahoun and shoutin, 'Faster! Faster!'

By five o'clock in the efternoon, this wis whit had happened tae the brae:

The hole the machines had howkit oot wis like the crater o a volcano. It was sic a dumfoonerin sicht that a thrang o folk cam breengin oot fae the neeborin clachans tae hae a keek. They stood on the lip o the crater and goaved doon at Boggin and Boonce and Beek.

'Haw there, Boggin! Whit's the story?'

'We're efter a tod!'

'Ye must be gyte!'

The folk miscawed them and lauched at them. But this jist made the three fermers mair bealin and mair thrawn and mair determined than ever no tae gie up tae they had catchit the tod.

'We'll Never Let Him Get Awa'

At sax o'clock in the forenicht, Beek switched aff the motor o his tractor and sclimmed doon fae the driver's seat. Sae did Boonce. Baith men had had eneuch. They were puggled and stechie fae drivin the tractors the haill day. They were stervin tae. They shauchled ower tae the wee tod-hole in the bottom o the muckle crater. Beek's face wis purpie wi rage. Boonce wis ill-moothin the tod wi clarty words that canna be prentit. Boggin cam wauchlin up. 'Ding and daiver that manky mingin tod!' he said. 'Whit in the name o the wee man dae we dae noo?'

'I'll tell ye whit we *dinna* dae,' Beek said. 'We dinna let him get awa!'

'We'll never let him get awa!' said Boonce.

'Never never never!' skirled Boggin.

'Did ye hear that, Mr Tod?' yelloched Beek, hunkerin doon and roarin intae the hole. 'The baw's no on the slates yet, Mr Tod! We're no gaun hame till we've strappit ye up deid as a dabberlack!' Then the three men aw shook haunds yin wi ither and swore a snell and siccar aith that they widna gang back tae their ferms until the tod wis catchit.

'Whit's the nixt move?' spiered Boonce, the kettle-bellied scrauchle.

'We're pittin *you* doon the hole tae bring him oot,' said Beek. 'Get yersel doon there, ya girnie wee nyaff!'

'No me!' skraiked Boonce, runnin awa.

Beek gied a scunnersome smirk. When he smirked ye saw his scarlet gooms. Ye saw mair gooms than teeth. 'Then there's ainly yin thing tae dae,' he said. 'We sterve him oot. We camp here day and nicht gairdin the hole. He'll cam oot in the end. He'll hae tae.'

Sae Boggin and Boonce and Beek sent messages doon tae their ferms, spierin for tents and sleepin-bags, and for their tea.

The Tods Stert tae Sterve

That forenicht there were three tents pit up in the crater on the brae – yin for Boggin, yin for Boonce and yin for Beek. The tents surroondit Mr Tod's hole. And the three fermers sat ootside their tents scoffin their tea. Boggin had three biled chookies slaistered wi dumplins. Boonce had sax doughnuts steched wi mingin goose-gut batter, and Beek had twa gallon o cider. Aw three o them kept their guns aside them.

Boggin picked up a reekin chookie and held it richt ower the tod's hole. 'Gonnae get a whiff o this, Mr Tod?' he shouted. 'Braw sappie chookie meat! Hoo dae ye no cam up and get it?'

The fousome waff o chicken driftit doon the tunnel tae where the tods were cooryin.

'Och, Da,' said yin o the Wee Tods, 'could we no jist snoove up and wheech it oot o his haund?'

'Dinna you dare!' said Mrs Tod. 'That's jist whit they want ye tae dae.'

'But we're that *faimished*!' they peenged. 'Hoo lang's it gonnae be afore we get a bite tae eat?'

Their mither didna answer them. Nor did their faither. There was nae answer tae gie.

As the mirk nicht cam doon, Boonce and Beek

31

switched on the strang heidlichts o the twa tractors
and sheened them on tae the hole. 'Noo,' said Beek,
'we'll tak turns at watchin the hole. Yin o us keeps
watch while the ither twa sleep, and that's hoo it'll be
the leelang nicht.'

Boggin said, 'Whit if the tod howks a hole richt
through the brae and cams oot on the tither side. Ye
didna think o that yin, did ye?'

'I did sut,' said Beek, kiddin on that he had.

'Aye weel, then, whit are ye sayin aboot it?' said
Boggin.

Beek piked a wee bleck thing oot o his lug and spanged it awa. 'Hoo mony men dae ye hae warkin on yer ferm?' he spiered.

'Thirty-five,' Boggin said.

'I hae thirty-sax,' Boonce said.

'And I hae thirty-seeven,' Beek said. 'That maks a hunner and eicht men awthegither. We need tae tell them tae surroond the brae. Ilka man'll hae a gun and a torch. There'll be nae wey oot then for Mr Tod.'

Sae the order gaed doon tae the ferms, and that nicht a hunner and eicht men formed a dour circle roond the fit o the brae. They were airmed wi crummocks and guns and aixes and pistols and aw kind o ither scunnersome weapons. There wis nae chance o a tod, or ony ither beast forbye, escapin aff the brae.

The nixt day, the watchin and waitin cairried on. Boggin and Boonce and Beek sat on wee creepiestools, goavin intae the tod's hole. They didna say muckle. They jist sat there creelin their guns, waitin.

Noo and then, Mr Tod wid snoove up tae the mooth o the tunnel and tak a snifter. Then he wid snoove back again and say, 'They're aye there.'

'Are ye quite shair?' Mrs Tod wid spier.

'Nae doot at aw,' said Mr Tod. 'I can snowk that gadgie Beek a mile aff. He's totally bowfin.'

33

Mr Tod Has a Ploy

This waitin-game raxed on for three days and three nichts.

'Hoo lang can a tod gang wioot food or watter,' Boggin spiered on the third day.

'It'll no be lang noo,' Beek telt him. 'He'll mak a run for it soon. He'll hae tae.'

Beek wis richt. Doon in the tunnel the tods were slowly but shairly stervin tae daith.

'If we could jist hae a peerie wee sirple o watter,' said yin o the Wee Tods. 'Och, Da, can ye no dae *somethin?*'

'Could we no mak a brek for it, Da? We'd hae a wee bit chance, wid we no?'

'Nae chance at aw,' snappit Mrs Tod. 'I'm no lettin ye gang up there tae face thae guns. I'd raither ye steyed doon here and passed awa in peace.'

Mr Tod hadna spoken in a lang while. He'd been sittin gey still, wi baith een steekit, no even hearin whit the ithers were sayin. Mrs Tod kent he wis rattlin his heid tryin tae think o a wey oot. And noo, as she looked ower at him, she saw him steer and heeze himsel up on his feet. He looked back at his wife. There wis a skinkle o excitement kittlin up in his een.

'Whit is it, hinny?' Mrs Tod said glegly.

'I've jist haen a wee notion,' Mr Tod said cannily.

'Whit?' they skirled. 'Och, Da, gonnae tell us?'

'C'*moan*!' said Mrs Tod. 'Dinna keep us on heckle-pins!'

'Weel ...' said Mr Tod, but then he stapped and seched and dowily shook his heid. He sat doon again. 'It's nae guid,' he said. 'It'll no wark after aw.'

'Hoo no, Da?'

'Because it means mair howkin and we're nane o

us strang eneuch for yon efter three days and nichts wi nae scran.'

'Aye we are, Da!' skirled the three Wee Tods, lowpin up and doon and runnin tae their faither. 'We can dae it, see if we canna! And you can and aw!'

Mr Tod looked at the fower Wee Tods and he smiled. Whit braw bairns I hae, he thocht. They're stervin tae daith and they've no had a drink for three days, but they're still no beat. I maunna let them doon.

'I doot . . . I doot we could gie it a try,' he said.

Slowly Mrs Tod heezed hersel up. She wis hurtin mair nor ony o them wi the want o food and watter. She wis gey dwaiblie gettin. 'I'm awfie sorry,' she said, 'but I doot I'm no gonnae be muckle help tae ye.'

'You bide richt where ye are, ma croodlin doo,' said Mr Tod. 'We can haundle this oorsels.'

Boggin's Chookie Hoose
Nummer Yin

'This time we'll hae tae gang in a gey special airt,' said Mr Tod, pointin doon and sideyweys.

Sae he and his fower bairns stertit tae howk yince mair. The darg gaed much mair slowly noo. But they aye held tae it wi smeddum, and bit by bit the tunnel began tae grow.

'Da, I wish ye'd tell us *where* we're gaun,' said yin o the bairns.

'I dinna dare,' said Mr Tod, 'because this place I'm *ettlin* tae get tae is sic a *mervellous* place that if I described it tae ye ye'd gang aff yer heids wi excitement. And then if we missed gettin there (which we could easy dae) ye'd be that stammygastered ye'd drap deid. I dinna want tae caw yer hopes up ower muckle, ma hinnies.'

They warsled on wi the howkin a lang, lang while. They didna ken hoo lang, because there were nae days and nae nichts doon there in the drumlie dark tunnel. But at last Mr Tod gied the order tae stap. 'I doot,' he said, 'we'd better tak a keek up yonder noo and see where we are. I ken where I *want* tae be, but I jist canna be shair we're onywhere near it.'

Slowly, wabbitly, the tods began tae sklent the tunnel up tae the surface. Up and up it gaed . . . till aw o a sudden they cam tae somethin hard ower their heids and they couldna gang ony further. Mr Tod raxed up tae hae a swatch at this hard thing. 'It's widd!' he whispered. 'Widden boards!'

'Whit does it mean, Da?'

'Whit it means, unless I'm totally aff on the wrang track, is that we're richt in ablow somebody's hoose,' said Mr Tod. 'Noo haud yer wheeshts while I hae a keek.'

Cannily, Mr Tod stertit tae push up yin o the flair-boards. The board gied the maist frichtsome craik and they aw jouked doon, waitin on something awfie tae happen. Naethin did. Sae Mr Tod pushed up a second board. Then, awfie awfie cannily, he pit his heid up through the gap. He let flee a dementit skraik.

'*I've done it!*' he yelloched. 'I've done it *first time!* I've done it! I've done it!' He poued himsel oot through the gap in the flair and stertit flingin and jiggin wi joy. 'Come on up!' he chantit. 'Come up and see where ye are, ma hinnies! Whit a sicht for a stervin tod! Losh me! Heech awa! Hooch awa!'

The fower Wee Tods scrammled up oot fae the tunnel, and whit a ferlie it wis afore their een! They were in a huge byre and the haill place wis thrang wi chookies. White chookies, broon chookies, bleck chookies – thoosans o them!

'Boggin's Chookie Hoose Nummer Yin!' skirled Mr Tod. 'It's jist whit I wis aimin at! I walloped it deid-centre! First aff! Is that no the king's breeks? And, if I say it masel, raither smert!'

The Wee Tods gaed radge wi excitement. They stertit runnin aroond aw ower the shop, huntin the daft chooks.

'Haud on!' ordered Mr Tod. 'Dinna loss the heid! Staund back! Settle doon! Let's dae this richt! First aff, awbody hae a drink o watter!'

They aw skelped ower tae the chookies' drinkin-troch and lappit up the braw caller watter. Then Mr Tod waled three o the sappiest chooks, and in a glisk, wi a skeely flisk o his jaws, he killt them deid.

'Back tae the tunnel!' he ordered. 'C'moan! Nae

playin at pliskies! The quicker ye shift, the quicker ye'll hae a sneyster tae eat!'

Yin efter anither, they sclimmed doon through the hole in the flair and soon they were aw staundin yince mair in the mirk tunnel. Mr Tod streetched up and poued the flairboards back intae place. He wis awfie tentie about hoo he did this. He did it sae naebody could ken they had ever been liftit.

'Ma laddie,' he said, giein the three sappie chooks tae the biggest o his fower wee bairns, 'awa back wi these tae yer mither. Tell her tae redd up for a feast. Tell her the rest o us will be alang in a glisk, jist when-ever we've sortit oot a few ither wee bits o business.'

Mrs Tod is Dumfoonert

Oxterin the three sappie chooks, the Wee Tod ran back alang the tunnel as fast as he could. He wis burstin wi joy. 'Jist wait!' he kept on thinkin. 'Jist wait tae Mammy sees these!' He had a lang wey tae run but he didna stap yince, no tae he breenged in on Mrs Tod. 'Mammy!' he skirled, aw oot o pech. 'Look, Mammy, look! Wauken up and see whit I've brocht ye!'

Mrs Tod wis mair dwaiblie than ever fae want o food. She opened yin ee and looked at the chooks. 'I'm in a dwam,' she crooned, and closed the ee again.

'Ye're no in a dwam, Mammy! They're real chooks! We're saved! We're no gonnae sterve!'

Mrs Tod opened baith een and sat up sherp. 'But, ma bonnie bairn!' she skirled. 'Where on earth . . .?'

'Boggin's Chookie Hoose Nummer Yin!' splittered the Wee Tod. 'We tunnelled richt in ablow the flair and ye've never seen sae mony muckle fozie chooks in aw yer days! And Da says tae redd up for a feast! They'll be hame in the noo!'

The sicht o scran seemed tae pit new virr intae Mrs Tod. 'A feast it'll be!' she said, staundin up. 'Oh, whit a braw and sleekit tod yer faither is! Hurry noo, bairn, stert pouin thae chooks!'

Hyne awa doon in the tunnel, the sleekit Mr Tod wis sayin, 'Noo for the nixt ploy, ma hinnies! This yin'll be a skoosh! Aw we need tae dae is howk anither wee tunnel fae *here* tae there!'

'Tae where, Da?'

'Dinna spier sae mony questions. Stert howkin!'

Brock

Mr Tod and the three Wee Tods that were aye wi him howkit fast and strecht. They were aw that kittled up noo that they didna feel wabbit or hungry. They kent they were gonnae be layin intae a wallopin muckle feast afore lang, and the fact that it wis Boggin's chookies they wid be eatin made them goller and groozle wi lauchter whenever they thocht on it. It wis braw tae ken that while the fozie fermer wis sittin up there on the brae waitin for them tae sterve, at the same time he wis giein them their denner wioot even kennin it. 'Howk awa,' said Mr Tod. 'It's no faur noo.'

Aw o a sudden a deep voice ower their heids said, *'Wha gangs there?'* The tods lowped. They glented up and saw, keekin through a wee hole in the roof o the tunnel, a lang bleck nebbie furry face.

'Brock!' skirled Mr Tod.

'Toddy!' skirled Brock. 'Guidsakes man, I'm gled I've fund *somebody* at last. I've been howkin aroond in circles for three days and nichts and I dinna hae a blin notion where I am!'

Brock made the hole in the roof bigger and drappit doon aside the tods. A Wee Brock (his laddie) drappit doon efter him. 'Hae ye no heard whit's gaun on up on the brae?' Brock whittered. 'Whit a stooshie! Hauf the widd's disappeared and there are gadgies wi guns stottin aboot everywhere! Nane o us can get oot, even at nicht! We're aw stervin tae daith!'

'Wha's *we*?' spiered Mr Tod.

'Aw the howkin beasts. That's me and Mowdie and Mappie Rabbit and aw oor wives and weans. Even Whitterick, wha usually kens hoo tae smool his wey oot o a wrang close, is hiddlin doon at ma bit wi Mrs Whitterick and sax bairns. Whit the deil are we gonnae dae, Toddy? I doot we're feenished!'

Mr Tod looked at his three bairns and he smiled. The bairns smiled back at him, kennin his secret. 'Ma auld freend Brock,' he said, 'this guddle's aw ma faut . . .'

'I *ken* it's your faut!' fashed Brock. 'And the fermers are no gonnae gie up till they get ye. Trouble is, that means *us* and aw. It means awbody that bides on the brae.' Brock sat doon and pit a paw roond his wee laddie. 'It's aw up wi us,' he said saft-like. 'Ma puir wife up there's that dwaiblie she canna howk anither yaird.'

'Nor can mine,' said Mr Tod. 'And yet even as we speak she's makkin ready, for me and the bairns, the maist mooth-watterin feast, a purvey o sappie creeshie chooks . . .'

'Stap!' skirled Brock. 'Dinna tease us! I canna thole it!'

'It's true!' yammered the Wee Tods. 'Da's no haein ye on! We've hunners o chooks!'

'And because this haill stramash is ma faut,' said Mr Tod, 'I invite ye aw tae share the purvey. I'm invitin awbody tae share it – yersel and Mowdie and Mappie and Whitterick and aw yer wives and weans. There'll be rowth and fowth for aw, ye hae ma word on it.'

'Ye mean it?' skirled Brock. '*Really* nae kiddin?'

Mr Tod pit his face richt in at Brock's and in a pawkie whusper said, '*Dae ye ken* where we've jist been?'

'Where?'

'Richt in ben Boggin's Chookie Hoose Nummer Yin!'

'Ye've nut!'

'We've sut! But that's naethin tae where we're aff tae the noo. Ye've turned up jist at the richt moment, neebor Brock. Ye can help us tae howk. And while ye're at it yer wee laddie can skelp back tae Mrs Brock and aw the ithers and spreid the guid news.' Mr Tod turned tae the Wee Brock and said, 'Tell them they are bidden tae a Tod's Tuck-in. Then bring them aw doon here and follae this tunnel back the wey till ye find ma hame!'

'Aye, Mr Tod!' said the Wee Brock. 'Aye, sir! Richt noo, sir! Oh, thank ye, sir!' and he scrammled glegly back through the hole in the roof o the tunnel and wis awa.

Boonce's Muckle Girnel-Hoose

'Toddy, ma freend!' skirled Brock. 'Whit in the name o the wee man has happened tae yer tail?'

'Dinna speak aboot it, *please*,' said Mr Tod. 'It's a sair point.'

They were howkin the new tunnel. They howkit on in silence. Brock wis a braw howker and the tunnel gaed forrit at a rare skelp, noo that he wis lendin a paw. Soon they were hunkerin in ablow anither widden flair.

Mr Tod grinned sleekitly, shawin sherp white teeth. 'If I'm no mistaen, neebor Brock,' he said, 'we are noo in ablow the ferm that belangs yon ugsome wee kettle-bellied scrunt, Boonce. We are, in fact, richt in ablow the maist *interestin pairt* o yon ferm.'

'Deuks and geese!' skirled the Wee Tods, slaikin their chaps. 'Sappie saft deuks and muckle creeshie geese!'

'Ex-*actly!*' said Mr Tod.

'But hoo in the warld can ye ken where we are?' spiered Brock.

Mr Tod grinned again, shawin even mair white teeth. 'Look,' he said. 'I'd ken ma wey aroond these ferms wi ma heid in a poke. It's aw wan tae me whether I'm ablow the grund or on tap o it.' He raxed up and pushed up yin flairboard, then anither. He pit his heid through the slap.

'Ya beauty!' he skelloched, lowpin up intae the room owerheid. 'I've done it again! I've skelped it spang on the neb! Richt on the coo's bahookie! Come and look!'

Swippertly Brock and the three Wee Tods scrammled up efter him. They stapped and gowked. They stood and goaved. They were that whummled they couldna speak; for whit they were seein noo wis a kind o tod's dream, a brock's dream, a heivenly hame for stervin beasts.

'This, Brock, ma auld freend,' Mr Tod crawed croosely, 'is Boonce's Michty Girnel-Hoose! Aw his brawest gear is stowed here afore he sends it aff tae the mercat.'

On aw fower waws o the muckle room, packed intae presses and stappit on shelves that streetched fae flair tae ceilin, were thoosans and thoosans o the sonsiest sappiest deuks and geese, aw pookit and buskit, ready for roastin! And up ayont, hingin fae the bauks, there must hae been nae less than a hunner smeekit hams and fufty sides o bacon!

'Jist feast yer een on *that*!' skirled Mr Tod, jiggin up and doon. 'Whit dae ye think? No bad scran, eh?'

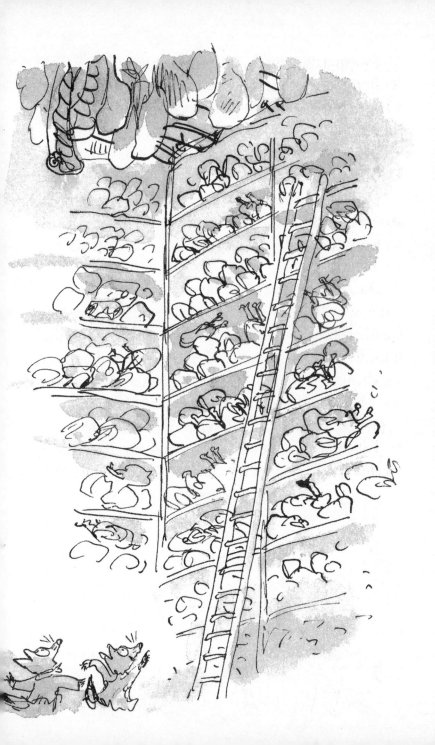

In a glisk, as if springs had been spangit in their legs, the three stervin Wee Tods and the herthungry Brock wheeched forrit tae grup the fousome food.

'Haud it!' ordered Mr Tod. 'This is ma pairty, sae I'll dae the choosin.' Efter the ithers had fawn back, slaikin their chaps, Mr Tod began snoovin aboot the girnel-hoose scancin the brawsome shaw wi a kennin ee. A threid o slaivers skailt doon yin side o his jaw and hung dreepin in mid-air, then snappit.

'We'll no tak ower muckle,' he said. 'Dinna want tae gie the game awa. Canna let them ken whit we've been daein. We'll need tae be trig and snod and jist tak a wheen o the sonsiest sneysters. Sae, tae stert wi, we'll hae fower sappie young deuks.' He took them doon fae the shelf. 'Och, they're that bonnie and creeshie! Nae wunner Boonce gets sic a graund price for them in the mercat! ... Haw, Brock, see us a haund doon wi them ... Bairns, ye can help as weel ... That's them ... Guidsakes, wid ye look at hoo ye're slaiverin ... And noo ... I doot we'd better hae a puckle geese ... Three will be mair than eneuch ... We'll tak the biggest yins ... Michty, michty, ye widna see geese as bonnie as these in a prince's pantry ... Caw cannie noo ... that's the joab ... And hoo aboot twa-three braw smeekit hams ... I'm awfie

keen on smeekit ham, are ye no yersel, Brock? . . . See us ower yon step-ladder, if ye widna mind . . .'

Mr Tod sclimmed up the ladder and raxed doon three brawsome hams. 'And dae ye like bacon, Brock?'

'Oh, I'm daft for bacon!' skirled Brock, jiggin aboot heich-skeich. 'Let's hae a haill side o bacon. That muckle yin up there!'

'And cairrots, Da!' said the wee-est o the three Wee Tods. 'We'll need tae tak some o thae cairrots.'

'Dinna be saft,' said Mr Tod. 'Ye ken we never eat things like yon.'

'It's no for us, Da. It's for the Mappies. They ainly eat vegetables.'

'Guidsakes, ye're richt!' skirled Mr Tod. 'Whit a considerin wee loon ye are! Tak ten straps o cairrots!'

Soon, aw this splendid spulyie wis lyin in a trig heap on the flair. The Wee Tods cooried in close, their nebs twiggin, their een skinklin like stars.

'And noo,' said Mr Tod, 'we'll need tae get a len fae oor freend Boonce o twa o thae haundy hurlies ower in the neuk there.' He and Brock brocht the cairts, and the deuks and geese and hams and bacon were ladit ontae them. Quickly the cairts were let doon through the hole in the flair. The beasts slid doon ahint them. Back in the tunnel, Mr Tod poued the flairboards cannily intae place sae that naebody could see they had been shiftit.

'Ma hinnies,' he said, pointin tae twa o the three Wee Tods, 'tak a cairt each and hurl them back as fast as ye can tae yer mither. Gie her ma love and tell her we're haein folk in for denner – the Brocks, the Mowdies, the Mappies and the Whittericks. Tell her it has tae be a totally braw purvey. And tell her the rest o us will be hame whenever we're through wi yin last joab.'

'Aye, Da! Nae bather, Da!' they answered, and they grabbed a cairtie each and gaed wheechin awa doon the tunnel.

Brock Has His Doots

'Jist yin mair visit!' skirled Mr Tod.

'And I bet I ken where that'll be,' said the ainly Wee Tod that wis aye there. He wis the Wee-est Tod o them aw.

'Where?' spiered Brock.

'Weel,' said the Wee-est Tod. 'We've been tae Boggin and we've been tae Boonce but we hinna been tae Beek. It's got tae be Beek.'

'Ye're richt,' said Mr Tod. 'But whit ye dinna ken is which *pairt* o Beek's bit we're aboot tae visit.'

'Which?' they baith said thegither.

'Ah-ha,' said Mr Tod. 'Jist you haud on tae ye find oot.' They were howkin awa as they haivered. The tunnel wis gaun forrit at a fair skelp.

Suddenly Brock said, 'Does this no fash ye jist a wee bittie, Tod?'

'Fash me?' said Mr Tod. 'Whit?'

'Aw this . . . this *reivin*.'

Mr Tod stapped howkin and goaved at Brock as if he'd gane clean gyte. 'Ma footerie auld furry freend,' he said, 'dae ye ken onybody in the *haill warld* that widna chore a wheen chookies if his weans were stervin tae daith?'

There wis a wee silence while Brock pensed aboot this.

'Ye're faur ower douce,' said Mr Tod.

'There's naethin wrang wi bein douce,' Brock said.

'Look,' said Mr Tod. 'Boggin and Boonce and Beek are oot tae *kill* us. Ye ken that, dae ye no?'

'Oh aye, Toddy, I ken that fine,' said the couthy Brock.

'But *we're* no gonnae bou doon tae *their* level. We dinna want tae kill *them*.'

'Losh me! I wid hope no,' said Brock.

'We widna dream o it,' said Mr Tod. 'Aw we'll dae is tak a wee bit food here and yon tae keep oorsels and oor faimlies alive. Richt?'

'I suppose we'll hae tae,' said Brock.

'If *they* want tae be scunners, let them,' said Mr Tod. 'We're daicent folk doon here. We're no lookin for ony bather.'

Brock pit his heid tae yin side and smiled at Mr Tod. 'Toddy,' he said, 'I love ye.'

'Thank ye,' said Mr Tod. 'And noo let's get wired in aboot this howkin.'

Five meenits efter, Brock's front paws chapped somethin flat and hard. 'Whit the deil's breeks is this?' he said. 'It looks like a solid stane waw.' He and Mr Tod scartit the soil awa. It *wis* a waw. But it wis biggit wi bricks, no stanes. The waw wis richt forenent them, blockin their wey.

'Noo wha in the warld wid bigg a waw unner the grund?' spiered Brock.

'Gey simple,' said Mr Tod. 'It's the waw o a laich-hoose. And if I'm no wrang, it's exactly whit I'm lookin for.'

Beek's Secret Cider
Laich-Hoose

Mr Tod took a guid swatch at the waw. He saw that the cement atween the bricks wis auld and bruckle, sae he lowsened a brick wi nae muckle bather and poued it awa. Suddenly, oot fae the hole where the brick had been, a wee sherp face wi whuskers papped oot. 'On yer wey!' it snappit. 'Ye canna cam ben! It's private!'

'Crivvens!' said Brock. 'It's Ratton!'

'Ye nippy wee nyaff!' said Mr Tod. 'I micht hae jaloused we'd find ye doon here somewhere.'

'On yer wey!' skraiked Ratton. ''C'moan, beat it! This is ma ain private bit!'

'Shut yer gub,' said Mr Tod.

'Na, I'll no shut ma gub!' skraiked Ratton. 'This is *ma* bit! I wis here afore ye!'

Mr Tod gied a skinklin smile, flashin his white teeth. 'Ratton, ma birkie,' he said saftly, 'I am an

awfie hungry gadgie – and if ye dinna uptail and
awa richt noo I'll eat ye in wan gollop!'

That pit Ratton's gas at a peep. He papped awa oot o sicht fast. Mr Tod lauched and began tae pou mair bricks oot o the waw. When he'd made a muckle-ish hole, he crowled through it. Brock and the Wee-est Tod follaed efter him.

They fund themsels in a gowstie, dunk, dowie laich-hoose. 'This is it!' skirled Mr Tod.

'This is *whit?*' said Brock. 'The place is toom.'

'Where's the bubblyjocks?' spiered the Wee-est Tod, keekin intae the mirk. 'I thocht Beek wis a bubblyjock man.'

'He *is* a bubblyjock man,' said Mr Tod. 'But we're no efter bubblyjocks the noo. We've plenty scran.'

'Sae whit *dae* we need, Da?'

'Tak a guid look aroond,' said Mr Tod. 'Dae ye no see *onythin* that taks yer fancy?'

Brock and the Wee-est Tod glowered intae the hauf-mirk. As their een got used wi the dark, they stertit tae see whit looked like a wheen muckle gless jaurs staundin on shelves aw roond the waws. They gaed closer. They *were* jaurs, hunners o them, and on ilka yin wis scrievit the word CIDER.

The Wee-est Tod lowped heich up in the air. 'Och, Da!' he yammered. 'Look whit we've fund! It's cider!'

63

'Ex-*actly*,' said Mr Tod.

'Ya beauty!' shouted Brock.

'Beek's Secret Cider Laich-Hoose,' said Mr Tod. 'But caw cannie, ma braw boys. Dinna mak a noise. This laich-hoose is richt in ablow the fermhoose itsel.'

'Cider,' said Brock, 'is awfie, awfie guid for Brocks. It's medicine tae us – yin large gless three time daily wi meals, and anither at bedtime.'

'It'll mak the purvey intae a ceilidh,' said Mr Tod.

While they were claikin, the Wee-est Tod had smooked a jaur aff the shelf and taen a gollop. 'Wow!' he peched. 'Wow-*ee*!'

Ye need tae ken that this wisna the wersh, weeshy-washy, fizzy cider ye buy in a shoap. It wis the real Mackay, a burny hame-brewed bree that scowdered yer thrapple and biled in yer belly.

'Ah-h-h-h-h-h!' peched the Wee-est Tod. 'Yon's *no hauf cider*!'

'That'll dae, that'll dae,' said Mr Tod, wheechin the jaur aff him and pittin it tae his ain lips. He took a muckle gollop. 'It's mind-blawin!' he whuspered, fechtin for breath. 'It's magic! It's braw!'

'See us a shot,' said Brock, takkin the jaur and thrawin his heid weel back. The cider glogged and pappled doon his thrapple. 'It's … it's like gowd bree!' he peched. 'Och, Toddy, it's … it's like slorpin sunblinks and watergaws!'

'Ye're poachin!' skraiked Ratton. 'Pit that doon the noo! There'll be nane left for me!' Ratton wis perched up on the heichest shelf o the laich-hoose, keekin oot fae ahint a huge jaur. There wis a wee cahootchie tube stuck in the craig o the jaur, and Ratton wis usin this tube tae sook oot the cider.

'Ye're fou!' said Mr Tod.

'Mind yer ain business!' skraiked Ratton. 'And if you muckle donnert gowks cam guddlin aboot in here we'll aw get cleekit! Get oot and lea me tae sirple ma cider in peace.'

Jist at that moment they heard a wumman's voice cryin oot in the hoose ower their heids. 'Shift yersel and bring oot yon cider, Mabel,' the voice cawed. 'Ye ken Mr Beek doesna like tae be kept hingin on! Maist o aw when he's been oot aw nicht in a tent!'

The beasts froze. They didna fidge at aw, but steyed wi their lugs cockit, their bodies ticht. Then they heard the soond o a door openin. The door wis at the tap o a flicht o stane steps that led fae the hoose doon tae the laich-hoose.

And noo there wis a body stertin tae cam doon thae steps.

The Wifie

'Quick!' said Mr Tod. 'Hide!' He and Brock and the Wee-est Tod lowped up on tae a shelf and hunkered doon ahint a raw o muckle cider jaurs. Keekin roond the jaurs, they saw a huge wifie comin doon intae the laich-hoose. At the fit o the steps, the wifie hovered, glowerin richt and left. Then she turned and heidit strecht for the bit where Mr Tod and Brock and the Wee-est Tod were hiddlin. She stapped richt forenent them. The ainly thing atween her and them wis a raw o cider jaurs. She wis that close, Mr Tod could hear the soond o her pechin. Keekin through the slap atween twa bottles, he saw that she wis cairryin a muckle rollin-peen in yin haund.

'Hoo mony will he be wantin this time, Mrs Beek?' the wifie shouted. And fae the tap o the stair the tither voice cawed back, 'Bring up twa-three jaurs.'

'He cowped fower yestreen, Mrs Beek.'

'Aye, but he'll no be wantin that mony the day because he's no gonnae be up there mair nor a few oors. He says the tod'll hae tae mak a run for it this forenoon. There's nae wey it can stey doon in yon hole anither day wi nae food.'

The wifie in the laich-hoose raxed oot and liftit a jaur o cider fae the shelf. The jaur she took wis nixt but yin tae the jaur that Mr Tod wis cooryin ahint.

'I'll be gled when that scunnersome beast is killt and strappit up in the front lobby,' she cawed oot. 'And by the wey, Mrs Beek, yer man promised I could hae the tail as a mindin.'

'The tail's been shot tae bits,' said the voice fae up the stair. 'It's aw pigs and whustles. Did ye no ken that?'

'Ye mean it's *maugered*?'

'Of coorse it's maugered. They shot the tail but tint the tod.'

'Aw jings!' said the big wifie. 'I wis awfie wantin that tail!'

'Ye can hae the heid insteid, Mabel. Ye can hae it stuffed and hing it on yer bedroom waw. Noo get a shift on wi yon cider!'

'Aye, mistress, I'm on ma wey,' said the big wifie, and she took a second jaur fae the shelf.

If she taks yin mair, she'll see us, thocht Mr Tod. He could feel the Wee-est Tod's body knidgin ticht up agin his ain, chitterin wi excitement.

'Will twa be eneuch, Mrs Beek, or will I tak three?'

'Guidsakes, Mabel, I dinna care sae lang as ye get yer skates on!'

'Then, twa it is,' said the huge wifie, speakin in tae hersel. 'He drinks ower muckle onywey.'

Cairryin a jaur in ilka haund and wi the rollin-peen ablow her oxter, she walked awa across the laich-hoose. At the fit o the stair she hovered and had a scanse aboot, snowkin the air. 'There's rattons doon here again, Mrs Beek. I can smell the bowf aff them.'

'Weel, pizen them, wumman, pizen them! Ye ken where the pizen's stowed.'

'Aye, mistress,' Mabel said. She sclimmed slowly oot o sicht up the steps. The door clashed shut.

'Quick!' said Mr Tod. 'Grab a jaur each, and run for it!'

Ratton stood on his heich shelf and skraiked, 'See whit I telt ye! Ye gey near got yer fairins then, did ye no? The game wis jist aboot a bogey that time, eh? You keep yer nebs oot o this fae noo on, awricht? I'm no wantin ye here! This is ma bit!'

'*You*,' said Mr Tod, 'are gonnae get pizened.'

'Haivers!' said Ratton. 'I bide up here and watch her pittin the stuff doon. She'll no get *me*.'

Mr Tod and Brock and the Wee-est Tod ran across the laich-hoose flair, each yin oxterin a gallon jaur. 'Cheerio, Ratton!' they cawed oot as they skailt through the slap in the waw. 'Thanks for the braw cider!'

'Thieves!' skraiked Ratton. 'Reivers! Caterans! Hoosebreakers! Pauchlers!'

The Muckle Purvey

Back in the tunnel they waited sae that Mr Tod could brick up the gap in the waw. He wis bummin awa tae himsel as he pit the bricks back in place. 'I can aye taste that brawsome cider,' he said. 'Whit a cheeky chiel Ratton is.'

'He's coorse,' Brock said. 'Aw rattons is coorse. I never met a ratton that wis douce yet.'

'And he drinks ower muckle,' said Mr Tod, pittin the last brick in place. 'Richt, that's us. Noo, hame for the purvey!'

They cleekit their jaurs o cider and awa they skelped. Mr Tod wis in front, then cam the Wee-est Tod, wi Brock the hindmaist. Alang the tunnel they fleed ... past the vennel that led tae Boonce's Muckle Girnel-Hoose ... past Boggin's Chookie Hoose Nummer Yin, and then up the lang hame

streetch tae the bit where they kent Mrs Tod wid be waitin.

'Haud tae it, ma hinnies!' yelloched Mr Tod. 'We'll be there in a glisk! Think whit's waitin on us at the tither end! And jist think whit we're bringin hame wi us in these jaurs! I doot yon'll kittle up puir Mrs Tod.' And Mr Tod chanted a sang as he ran:

'Swippertly noo I slip hame,
Back tae ma bonnie braw dame.
She'll no feel sae seik
But be back at her peak
Wi some cider inside her wee wame.'

Then Brock jined in:

'Oh puir Mrs Brock is the same –
Sae hungry she near deed o shame.

But she'll no feel sae toom
And will soon stert tae bloom
Wi some cider inside her wee wame.'

They were aye chantin awa as they roondit the final corner and breenged in on the maist brilliant, bumbazin sicht ony o them had ever seen. The ceilidh wis jist stertin. A graund dinin-room had been howkit oot o the earth, and in the middle o it, sat roond a muckle table, were nae fewer than twenty-nine beasts. They were:

Mrs Tod and three Wee Tods.

Mrs Brock and three Wee Brocks.

Mowdie and Mrs Mowdie and fower Wee Mowdies.

Mappie Rabbit and Mrs Mappie and five Wee Mappies.

Whitterick and Mrs Whitterick and sax Wee Whittericks.

The table wis happit ower wi chookies and deuks and geese and hams and bacon, and awbody wis layin their lugs intae the braw food.

'Ma crowdie-mowdy!' said Mrs Tod, lowpin up and giein Mr Tod a big smoorich. 'We couldna haud oorsels back! Dinna be mad at us!' Then she gied the Wee-est Tod a smoorich and aw, and Mrs Brock gied Brock a smoorich and awbody wis smoorichin awbody else. Amang shouts o joy, the muckle jaurs o cider were set upon the table, and Mr Tod and Brock and the Wee-est Tod sat doon wi the ithers.

Ye hae tae mind that naebody had had even a peck o food for days. They were gantin. Sae for a while there wis nae gabbin at aw. There wis jist the soond o gnawin and chawin as the beasts got tore in aboot the sappie sneysters.

Then, Brock got tae his feet. He liftit his gless o cider and cawed oot, 'A toast! I want ye aw tae staund and drink a toast tae oor dear freend wha's saved oor lives the day – Mr Tod!'

'Tae Mr Tod!' they aw shouted, staundin up and liftin their glesses. 'Tae Mr Tod! Lang may his lum reek!'

Then Mrs Tod got blately tae her feet and said, 'I'm no wantin tae mak a lang screed. I jist want tae say wan thing, and here it's: MA GUIDMAN IS A BRAW AND SLEEKIT TOD.' Awbody clapped and cheered. Then Mr Tod himsel stood up.

'This delicious scran ...' he began, then he stapped. In the silence that follaed, he let flee a raucle great rift. Awbody fell aboot, and there wis mair clappin. 'This delicious scran, freends,' he cairried on, 'is by courtesy o Messrs Boggin, Boonce and Beek.' (Mair cheerin and lauchter.) 'And I hope ye've enjoyed it as weel as I hae masel.' He let flee anither lug-lounderin rift.

'Better oot than in,' said Brock.

'Thank ye,' said Mr Tod, wi a muckle grin. 'But noo, ma freends, let us be serious. Let us think on the morn's morn and the day efter and the days efter yon. If we gang oot, we'll be killt. Richt?'

'Richt!' they shouted.

'We'll be shot afore we've gane a yaird,' said Brock.

'Ex-*actly*,' said Mr Tod. 'But let me spier ye this: wha *wants* tae gang oot, onywey? We're aw howkers, ilka yin o us. We hate it ootby. Ootby's fou o enemies. We ainly gang oot because we hae tae, tae get food for oor faimlies. But noo, ma freends, we hae a haill new set-up. We hae a siccar tunnel that leads tae three o the brawest girnel-hooses in the warld!'

'We dae that!' said Brock. 'I've seen them!'

'And ye ken whit this means?' said Mr Tod. '*It means that nane o us need ever gang oot intae the open again!*'

There wis a bizz and steer aroond the table.

'And sae I invite ye aw,' Mr Tod cairried on, 'tae bide here wi me for ever and aye.'

'For ever and aye!' they skirled. 'Guidsakes! Hoo braw is that!' And Mappie said tae Mrs Mappie, 'Ma hinny, jist think! Naebody'll ever shoot at us again in oor lives!'

'We will bigg,' said Mr Tod, 'a wee ablow-the-grund clachan, wi streets and hooses on each side — single hooses for Brocks and Mowdies and Mappies and Whittericks and Tods. And ilka day I'll go the messages for yis aw. And ilka day we will eat like lairds.'

The cheerin that follaed this speech cairried on for a guid few meenits.

Aye Waitin

Ootside the tod's hole, Boggin and Boonce and Beek sat aside their tents, creelin their guns in their laps. It wis stertin tae rain. Watter wis dreeplin doon the craigies o the three men and intae their bitts.

'He'll no stey doon there muckle langer noo,' Boggin said.

'The skellum must be stervin,' Boonce said.

'That's richt,' Beek said. 'He'll be makkin a skelp for it ony meenit. Keep yer guns haundy.'

They sat there by the hole, waitin on the tod tae cam oot.

And as faur as I ken, they're aye waitin.